KB071154

바다열차

바다열차

—

초판 1쇄 2016년 8월 1일
지은이 김민정
펴낸이 김영재
펴낸곳 책만드는집

주소 서울 마포구 양화로3길 99 4층 (04022)
전화 3142-1585·6
팩스 336-8908
전자우편 chaekjip@naver.com
출판등록 1994년 1월 13일 제10-927호
ⓒ 김민정, 2016

ISBN 978-89-7944-570-1 (04810)
ISBN 978-89-7944-513-8 (세트)

한국의
단시조

0 0 7

바다열차

김민정 시집

책만드는집

『사랑하고 싶던 날』이후 두 번째 단시조집을 묶는다.

등단 이후부터 단시조가 시조의 본령이라는 생각이었다.

선집이 아닌 신작으로만 묶는 것은 단시조에 대한 경건한, 마음의 증표이다.

진정한 하나를 얻기 위해서 아낌없이 여럿을 버릴 줄 아는 참된 비움을 단시조에서 배운다.

추리고 추리기를 여러 달째, 이제야 신작 65편을 세상 문밖으로 내보낸다.

한두 편이라도 독자의 마음에 닿는다면 그것만한 기쁨
이 또 있을까.

－2016년 여름

몽촌토성에서

宇玄 김민정

| 차례 |

2부   돌꽃 한 송이

3부   소슬하다

4부   손등에 쌓인 나날

5부   홍매

1부
웃음 다이어트

웃음 다이어트

오관이 짜릿하게
팝콘처럼 뻥, 터지는

바쁜 걸음 멈춰놓고
가벼이 건너시라

군살은 다 빠진 웃음,
불순물 이제 없는!

투사

꽃이 본 창밖 풍경
내 안으로 끌어온다

적당한 거리 유지
안전을 확보하듯

유리창
사이에 두고
오고 가는, 꽃과 나

몰두

생각의 입자들이
잠시
충돌한다

발설하지 못한 말과
이미 뱉은 말들 사이

달리다,
주춤거리다,
제자리로 돌아온다

절규

입을 반쯤 벌린 채로
뭐라고 뱉어내는

또 뭐라고 애원하는
그대는 뭉크인가

귀 씻고
나도 들어가
억울한 일 말해 볼까

이력을 헹구며

을미도 해변가에
돌밭을 더듬다가

낙지가 물고 있어
질려 있는 돌을 본다

심장이
뛰고 있는 소리
견뎌온 돌의 시간

벼랑 앞에

지상의 길이란 길
한꺼번에 몰려온다

제 뼛속 의미들을
깎아내고 깎아낸 길

지나온
날들의 저편,
직립으로 서 있는 나

폭포 앞에

새들처럼 날아가든
물이 되어 떨어지든

그건 너의 자유라고
너무 쉽게 말하지 마

한 번쯤
이렇게 서서
망설이지 않았다면

비구니

전생의 뉘였을까
묵상의 저 뒷모습

반쯤 걸친 가사 장삼
그조차 무거운 듯

노을도
비껴 앉으며
염주 알로 씻는 번뇌

불국토

그래,
꼭 너처럼
이 가을에 나 취하네

새빨갛게 타더니만
샛노랗게 까무러쳐

불콰한 절집의 얼굴
덩그러니 이 몸 한 채

초승달

과묵하게 다문 입술
입꼬리만 한껏 들어

창 너머로 미소 짓는
그 모습에 취한 순간

하늘로 날아오를 듯
가벼워진, 나의 몸

둥글다

온밤 내 사과 깎듯 지구본을 돌려가며

차오르는 열나흘 달
비스듬히
올려본다

서녘을 꿈꾸며 가는
네 뒷모습, 달그림자

꿈

누구의 방목인가
푸르게 꿈틀댄다

목초지를 따라가니
열려오는 바람길

가끔은 건조한 발목
냇가에 담가본다

지샐 녘

눈 씻고 귀 닫으며
한밤을 비운 날은

내 발목을 움켜쥐던 수많은 이정표들이

어둠을 마름질하며
제 길을 열어간다

2부

돌꽃 한 송이

돌꽃 한 송이

패인 돌 틈 사이에
풀꽃이 앉아 있다

내 가슴에 박혀 있던
네 얼굴도 앉아 있다

그런 날 그런 저녁에
찍어보는 꼭짓점

천둥

번개부터 보내놓고
눈치채게 달려오는

흡사 내 사랑이
뒤따라 다가가듯

오뉴월 마른하늘을
울려놓는 그 이름

신호등

풍향계가 돌아간다
꽃망울이 또, 터진다

사랑의 이름으로
그대가 내게 올 때

천지간
켜지는 불빛
세상은 초록이다

방음벽

빈방에 갇혀 있어도
환히 다 들린다고요,

이중 삼중 덧쌓아둔 두꺼운 벽을 뚫고

하루에
수십 번씩은
파고드는 주파수

전갈傳喝

쳇바퀴 도는 일상
일탈을
꿈꾸는가

휘모리 장단으로
나, 가리라
너에게로

상모도 열두 발 상모
급물결로
나, 가리라

산책 한 마디

밤이슬 지는 소리
발치에 매달린다

지금껏 무얼 하며
예까지 왔느냐고

한밤 내
쓰르라미 울음
내 귀를 쓸고 있다

편지

이십 촉 백열등에
흐린 눈을 다시 씻고

오래도록 읽어보는
부치지 못한 마음

창밖에
휘파람 소리
옛 바람이 오셨는가

지난 일

각질을 떼어내자
발갛게 부어오른다

놓쳐버린 시간들이
부유하는 여름밤에

누군가 살짝 놓고 간 기억 속의
사진 한 장

두문불출

한 잔 커피 다 식도록
나는 너를 지워본다

겨울나무 건너편에
희뜩희뜩
치는 눈발

단번에
설탕이 녹듯
너도 따라 녹는다

팬플루트

−외로운 양치기

산비알 굴러 내리는
물소리를 듣는다

한 무리 양떼들이
그 물 찾아 안겨든다

내 품을 적셔오는 것
애잔하다, 이 포옹

봄의 푯대

촉 트는
난 향기가
입춘 안부 묻는 날은

그 연초록
무게만큼
봄빛 사랑 안겨오고

떠나간
수많은 길도
글썽글썽 돌아온다

이슬비

바람은 강물을 품고
강물은 바람을 품고

나는 가만 너를 품고
너 또한 나를 품고

그 온기, 참 따스하다
내 발치를 적시는 비

햇귀

더 낮게
좀 더 참고
흘러가야 만나는 길

눈앞에 펼쳐지는 진경을 에두르며

비로소
눈 뜨는 아침
한바다가 보인다

3부

소슬하다

소슬하다

이제 막 그쳐버린
분수대의 물빛 같은,

눈시울에 떨어지는 마른 잎의 망설임 같은,

다시는 못 온다면서
돌아서는 얼굴 같은,

학춤

정월 아침
서설瑞雪이다
설레는 저, 날갯짓

한겨울 푸른 솔에
날을 듯이 앉았다가

회오리
부는 쪽으로
몸을 트는 저, 날갯짓

입춘 편지

언 강의 안쪽 물이
넌지시 일렀겠다

봄 햇살 간지러워
더는 참지 못한다고

바람도 맞장구친다
강심江心 스윽 훑는다

우수 雨水

꽃눈은 허기를 익혀
내 앞에 피나 보다

코끝을 들이미는
바람의 솔기 사이

게으른 눈을 비비며
기지개 펴는 햇살

봄까치

제비보다
먼저 오신
까치 네댓 마리

봄을 종종 물고 와서
베란다를 기웃댄다

무슨 말
전하려는가,
꽁지깃이 바쁘다

냇가에 앉아

백담사 물소리에
귀가 반 뼘 커진다

큰 기쁨 숨겨놓은
보물단지 열어본 듯

냇가에
쌓인 조약돌
날개 터는 소릴 낸다

돌밭에서

눈 떠도 어둠이라
찾기란 쉽지 않다

여기 혹은 저기
그림자만 길어지고

자꾸만
숨어서 우는
너를 끝내 놓친다

새우깡을 위한 발라드

발라드풍 춤을 추며
선상으로 날아든다

날갯죽지 흔들면서
평형 찾는 저 갈매기

순간이
네게 멈춘다
필사적인 저, 죽지

서해 달밤

칠흑 어둠 품어 안은
망망한 갯벌밭에

제집을 벗어놓고
기어 나온 방게 무리

생명이 불끈거리는
해안선을
만난다

11월 생각

가을의 등줄기로
단풍이 타고 있다

잘근잘근 밟히며 온
삶의 질긴 근육들이

물들다,
물들다 못해
지친 날을 쏟는다

가을날

잘 마른 빨래들이
우쭐우쭐 춤을 춘다

바지랑대 높이 올려
구름 한 점 걸어놓자

한 무리 고추잠자리떼
제집인 듯 찾아든다

겨울 바다

아직도 풀지 못한 숙제를 끌어안고

머리를 감싸 쥔 채 수십 번을 생각해도

파도만 아가미 벌려

가쁜 숨을 몰아쉬는,

차를 끓이며

시간들이
고여와서
잘박대며 잦아든다

둥글게
물이 들어
와글대는 저녁 창에

뉘인가
휘파람 소리
빈 찻잔을 울린다

4부
손등에 쌓인 나날

유리 잔도 琉璃栈道

－천문산에서

하늘은 구름 만길
아래는 벼랑 천길

맨발의 유리 길목
걸어간다, 떠서 간다

한 생도 무중력인 양
두 어깨가 들썩인다

발자국

통리 지나 홍전 사이
나 살던 심포리역

꿈결 같은 기적 소리
가슴에나 묻었는데

가끔씩
기차 바퀴가
덜커덕, 지나간다

무심히

피었다 지는 풀꽃 떴다가 이우는 별

영동선 철로 변의 기차가 알려주는

당신이 흔들어주던 손등에 쌓인 나날

사북에서

들녘은 바람의 못
꿈처럼 이는 변방

목숨의 결을 따라
흔들리는 별빛인가

계절도 가장자리에서
머뭇대며 기우는,

벌초

동해 바다 환히 펼친
백두대간 그 마루에

넉넉히 하늘 품어
앉아 계신 고조할배

구절초
가득 핀 가을,
조금씩 베어낸다

바다열차

파도는 흰 깃털을 살짝 내비치다가,

달리는 말굽으로 한참을 출렁이다가,

갈기를 휘날리다가,

소용돌이 치다가,

주전 바다는,

빰 붉은
주전 바다
파도 또한 둥글다

제 살을 깎고 깎아
몽돌이 된 돌의 시간

몸과 몸
부딪쳐 얻은
푸른 목청 가다듬고

원 달러$1

캄보디아 난민촌을
여행길에 다녀온 후

행복의 방정식이
슬그머니 달라졌다

물에서
나고 자란 아이
오늘도 외치는 말

천장으로 열린 문
-타프롬 사원에서

가슴 치고 통곡하며
어머니를 불렀던 방

애절한 마음 따라
벽도 함께 울었을까

하늘에
소원하라고
천장이 열린 그 방

장안* 길에서

아라비안나이트의
천일야화 들려온다

음률도 고혹적인
페르시아 노랫가락

온몸을 휘감아 돈다
비단길이 눈부시다

* 지금의 중국 서안.

팽목, 그 바다

파도도 날을 세워
울부짖는 다시 오늘

아직도 봄 바다는
눈물빛 얼룩인데

세월이
세월을 불러도
날지 않는 나비떼

평화열차 DMZ

아직도 통일은 멀어
목숨에서 잔풀 돋는데

서울역, 도라산역
오고 가는 이 열차가

갈라진
아래윗마을
박음질로 이어줄까

풍악산을 건너다

말로는 형용 못 할
돌빛으로 앉은 천 년

수만 번을 끌어안아
다듬어낸 모서리들

파도가
왔다 간 흔적
단풍물도 환하다

5부

홍매

홍매

달빛 한 사발을
누가 건져 올리는가

차르르르
물소리가
봄밤을 다 적신다

짧아도
너무 짧았던
그 밤에 스친,
눈빛

난 송이 두엇

꽃샘잎샘 다 넘어온
거룩한 봄의 얼굴

둥근 그 향 받쳐 드는
꽃대들의 안부인가

양각된 시간이 핀다
기쁨 가득 쟁여 있다

돌꽃, 진달래

사월이 아니라도
꽃 내음이 가득하다

한 아름 꽃술 아래
흐르는 별 무더기

청록빛
줄기 사이로
지지 않는 네 얼굴

꽃밤

산수유 핀 등성이
어둠을 밀고 있다

누군가 달아놓은
매화 꽃등 두엇 아래

첼로를 연주하는가,
그대를 알 듯 말 듯

꽃천지

바람결에 안겼다가
그 바람을 뱉는 꽃잎

수천의 나비떼가
나래를 펼쳐놓아

하늘 다 가려놓았다
빈틈없이, 저 벚꽃!

주상절리

어깨를
들썩이며
울컥울컥 쏟아내던

접동새 울음 같은
진달랫빛 수석 한 점

마음껏
울지 못하고
잠이 든 절벽처럼

봄 산

지상의 봄 향기를
타전하는 분홍 빛깔

더듬어 보는 눈길
고향의 뒷산 언덕

꿈길에 만나는 얼굴
언제나 열다섯이다

아지랑이

들고픈 이야기들
아직도 많고 많아

자꾸만 쫑긋대며
귓바퀴를 모아본다

바람도
못 참겠다고
숲에 들어 팔랑인다

자작나무 숲에서

하얗게 바랜 날의
그리움이 피어나듯

한겨울 중심에서
하늘로 길을 낸다

그 손짓,
살아갈 날들
내일의 꿈만 같다

단풍 지는 날

협곡을
치달려 온
수천의 붉은 성화

초겨울 제단 위에 가지런히 올려놓자

앙상한
제 몸을 털며
슬픔까지 쏟고 있다

모과

오래 참고 견디느라
단단해진 속살에는

농축된 가을향이
하마 터질 듯하다

부르면
달려와 줄 너
그 얼굴도 얼비친다

별꽃

늦은 비 지나가자
오소소, 지는 단풍

빗속에 숨은 별들이
땅 위로 내려온 듯

미리내
환한 배 한 척
십일월을 저어 간다

둥근 꽃

밤새 내 곁에서
뒤채던 물안개가

웅크린 어둠 몰며
환하게 문을 연다

목덜미
붉어오는 아침
해가 피어 오른다

사랑과 기억의 깊이를 노래하는
'순간의 미학' – 김민정 단시조론

유성호 문학평론가 · 한양대 국문과 교수

1

두루 알려져 있듯이, 우리의 고유한 정형 양식인 '시조'
에는 일종의 선험적 원리가 주어져 있다. 그것을 충족하지
않으면 '시조'가 될 수 없는 최소 요건이 있는 것이다. 반면
자유시의 경우에는 그 어떤 원리도 미리 주어진 것이 없
고, 시인 스스로의 내적 호흡에 따른 자유로운 리듬이 한
없이 뒤따를 뿐이다. 물론 자유시에는 자유로운 운율이 있
는 것이지 운율 자체가 없는 것은 아니다. 그런데 최근 써
진 시편들에서는 줄글 형식의 산문 지향성이 넘쳐나는 데

다 최소한의 내적 호흡에 따른 운율마저 지워지는 등 현대 자유시의 이념에 합치되지 않는 율격 훼손의 극점을 노정하는 경우가 제법 많아졌다. 그 점에서 자유시의 이념을 기반으로 펼쳐진 현대시의 역사는, 율격적 자기소진의 징후를 강하게 드러내고 있다 할 것이다.

이때 우리가 정형 양식인 '시조'를 메타적으로 성찰하는 일은 매우 중요한 의미를 띤다. 물론 최근 우리가 경험하는 정형 양식 안에도 정형 특유의 양식적 구속을 최대한 벗어나 정형 안에서의 일탈적 호흡을 누리려는 각양의 지향이 나타나고 있기는 하다. 시조의 오랜 정형적 틀을 한껏 벗어나 정형 안에서 다양한 율격적 실험을 하고 있는 경우가 많아진 것이다. 하지만 잘 써진 정형 시편의 경우, 그것은 대개 섬세한 운율을 창의적으로 생성하면서 그 안에서 종요로운 감각과 사유를 보여주게 마련이다. 그래서 그것들은 한결같이 이 첨단의 해체 시대에 왜 정형 양식이 굳이 필요한가를 증언해주고 있다.

김민정 시인의 신작 단시조집 『바다열차』는, 단아하고 잔잔한 심미적 언어를 통해 이러한 증언의 한 속성을 충실하게 담아낸 미학적 성취라고 할 수 있을 것이다. 그만큼 그녀는 단수 형식 안에 가지런히 배열된 언어를 통해 자신만의 '순간의 미학'을 매우 인상적으로 드러내고 있다. 그렇게 김민정 시인은 운율 자체를 무화하고 산문을 지향해 가는 우리 시대에 맞서 가장 함축적이고 음악적인 운율을 구현하고 있는 단수 미학의 정점을 보여주고 있는 것이다.

2

김민정 시인의 시선은 언제나 자연 사물을 향하고 있다. 물론 우리 시사詩史에서 자연 형상이란 매우 낯익은 소재이다. 그만큼 자연 사물을 통해 삶의 이법理法을 탐색하고 표현하는 것은 매우 보편적인 시법詩法이었다고 할 수 있다. 요컨대 고전 시가를 지나 현대시에 이르기까지 '자연'은 단연 주류적인 형상으로 표현되어왔는데, 그것은 자연이 가지고 있는 원융圓融과 불변의 항구성 때문이었을 것이다. 이때 자연 형상의 구현은 인간과 자연이 맺고 있는 근원적 관계를 드러내면서, 인간과 자연 사이의 관계론을 지속적으로 보여주는 방향으로 진행되어왔다고 할 수 있다. 김민정 시인이 노래하는 계절 운행에 따른 자연 사물의 심미적 질서 또한 이러한 방향과 꽤 잘 어울린다. 먼저

'봄'이다.

　　바람결에 안겼다가
　　그 바람을 뱉는 꽃잎

　　수천의 나비떼가
　　나래를 펼쳐놓아

　　하늘 다 가려놓았다
　　빈틈없이, 저 벗꽃!
　　―「꽃천지」 전문

　　제비보다
　　먼저 오신
　　까치 네댓 마리

　　봄을 종종 물고 와서
　　베란다를 기웃댄다

　　무슨 말

전하려는가,

꽁지깃이 바쁘다

  ―「봄까치」 전문

　새롭게 피어나는 자연 사물들을 '보는' 때라서 '봄'이 아
닌가. 김민정 시인은 두 편의 단수에서 봄의 전령사인 '꽃'
과 '새'를 바라보고 있다. 마치 소월의 「산유화山有花」에 등
장하는 것처럼, '꽃'과 '새'는 가장 원초적이고 보편적인 자
연 형상으로 나타난다. 바람에 안겼다가 그 바람을 도로
뱉기도 하고, 수천의 나비떼 나래처럼 하늘을 다 가리기도
하는, 한 치의 빈틈도 없이 봄을 가득 채운 '벚꽃'은 그 자
체로 숨 막히는 아름다움을 우리에게 건넨다. 그리고 무슨
기쁜 소식이라도 전하려는 듯 꽁지깃을 바쁘게 움직이는
몇 마리의 까치 역시 더없이 생동하는 봄의 기운을 느끼게
한다. 이처럼 이 시편들은 '꽃잎'과 '까치'의 아름다운 심미
적 공존을 통해 더욱 약동하는 봄을 만나게 해준다. 그렇
게 "봄 햇살 간지러워 / 더는 참지 못한다고"(「입춘 편지」)
아우성대는 자연 사물들로 하여 봄은 더욱 충일하지 않은
가. 우리는 김민정 시편을 따라 '꽃천지'와 '봄까치'의 봄을
지나, 여름과 가을을 훌쩍 넘어, 겨울에 당도한다.

정월 아침

서설瑞雪이다

설레는 저, 날갯짓

한겨울 푸른 솔에

날을 듯이 앉았다가

회오리

부는 쪽으로

몸을 트는 저, 날갯짓

—「학춤」전문

아직도 풀지 못한 숙제를 끌어안고

머리를 감싸 쥔 채 수십 번을 생각해도

파도만 아가미 벌려

가쁜 숨을 몰아쉬는,

－「겨울 바다」 전문

　　정월 아침에 내린 상서로운 눈을 바라보면서 시인은 눈
발이 보여주는 "설레는 저, 날갯짓"을 우리나라 전통 무용
인 '학춤鶴舞'에 비유하고 있다. 한겨울 푸른 솔에 앉아 있
다가 바람이 불면 "몸을 트는 저, 날갯짓"처럼 흩날리고 있
는 눈발의 풍경이 눈에 선하게 다가온다. 푸른빛과 흰색의
대조적 공존이 더욱 시각적 심상을 부추기는 산뜻한 시편
이다. 그런가 하면 다음 시편에서 시인은 공간을 바다로
옮겨 '겨울 바다'가 자신에게 "풀지 못한 숙제"를 던져주
고 있음을 보여준다. 그때 파도가 가쁜 숨을 몰아쉬면서
시인과 마주하는 장면은, '겨울'이라는 소멸의 계절에도 불
구하고, 시인이 삶에 대하여 궁구하고 치유해가는 도정에
있음을 알려준다. 이처럼 김민정 시인이 계절을 배경으로
하여 쓴 시편들은, 좋은 서정시가 존재자들의 속성을 파악
할 때 그것이 이성적 파악만으로 되는 것이 아니라 감각적
현존을 통해서도 극명하게 이루어진다는 것을 선명하게
보여준다. 그 점, 김민정 단수 미학이 거둔 투명하고 아름
다운 사례라 할 것이다.

3

다음으로 김민정 시인이 구현하는 중요한 또 하나의 음역音域은 '사랑'이라는 정서적 지향에서 찾아진다. 일찍이 전재동 시인은 "김민정 시조 문학의 미학은 사랑의 미학이다. 그만큼 그의 작품의 주제와 소재가 모두 사랑에 있음을 알 수 있다"라고 갈파했거니와, 김민정 시의 저류에서 '사랑'의 흐름을 찾아내는 것은 그리 어려운 일이 아니다. 진한 그리움에 바탕을 둔 항구적 사랑의 노래가 말하자면 김민정 시편이라고 할 수 있을 것이다.

이십 촉 백열등에
흐린 눈을 다시 씻고

오래도록 읽어보는
부치지 못한 마음

창밖에
휘파람 소리
옛 바람이 오셨는가

-「편지」 전문

촉 트는
난 향기가
입춘 안부 묻는 날은

그 연초록
무게만큼
봄빛 사랑 안겨오고

떠나간
수많은 길도
글썽글썽 돌아온다
-「봄의 푯대」 전문

　시인은 '편지'라는 가장 원형적인 교신의 방식을 통해 오래도록 "부치지 못한 마음"으로서의 그리움을 토로한다. 아마도 시인은 그 편지를 백열등에 비추면서 흐린 눈으로 몇 번이고 읽어보았을 것이다. 하지만 결국 그것을 부치지 못했다. 그때 창밖에 들리는 휘파람 소리야말로

"옛 바람"의 가상적 형상일 터인데, 물론 그 바람은 '바람
風'이자 '바람몝'이기도 할 것이다. 그렇게 오랜 그윽함으
로 시인은 "청록빛 / 줄기 사이로 / 지지 않는 네 얼굴"(「돌
꽃, 진달래」)을 바라보고 있다. 그런가 하면 시인은 "촉 트
는 / 난 향기가 / 입춘 안부 묻는 날"에 "봄빛 사랑"을 발견
하는데, 그것은 그녀가 "떠나간 / 수많은 길도 / 글썽글썽
돌아"오는 기억 앞에 서 있기 때문이다. 이처럼 '옛사랑'과
'봄빛 사랑'의 애틋한 서정 안에서 김민정 시인은 스스로
의 삶을 다독이고 치유하면서 살아가고 있다. 그래서인지
시인은 "사랑의 이름으로 / 그대가 내게 올 때 // 천지간 /
켜지는 불빛 / 세상은 초록"(「신호등」)이라고 강렬하게 노
래할 수 있는 것이 아니겠는가.

      패인 돌 틈 사이에
      풀꽃이 앉아 있다

      내 가슴에 박혀 있던
      네 얼굴도 앉아 있다

      그런 날 그런 저녁에

찍어보는 꼭짓점
　－「돌꽃 한 송이」 전문

바람은 강물을 품고
강물은 바람을 품고

나는 가만 너를 품고
너 또한 나를 품고

그 온기, 참 따스하다
내 발치를 적시는 비
　－「이슬비」 전문

　돌의 틈 사이에 피어 있는 한 떨기 '풀꽃'은 "내 가슴에
박혀 있던 / 네 얼굴"을 환하게 환기해 준다. 이때 부재하
는 2인칭의 선명한 얼굴은 시인으로 하여금 꼭짓점을 찍
어보면서 자신의 사랑과 그리움이 맨 꼭대기를 이루는 정
점에 있음을 에둘러 고백하게끔 한다. 마찬가지로 '이슬
비' 역시 바람이 강물을 품고 강물이 바람을 품듯이 언제
나 '나'와 '너'가 서로를 품은 채 따스한 온기를 간직하고

있음을 물리적으로 함축한다. 그렇게 따스하게 시인을 적시고 있는 '이슬비'는 그 점에서 겉으로는 부드럽지만 속으로는 "휘모리 장단으로 / 나, 가리라 / 너에게로"(「전갈」) 같은 격정의 몸짓을 숨기고 있는 것이다.

김민정 시인은 이렇게 서정의 원형인 그리움의 원리에 의해 자기동일성을 탐색하고 재구再構해 간다. 물론 이때 '그리움'이란 과거를 지향하고 거기에 절대 가치를 부여하는 퇴영적 정서가 아니라, 그동안 겪어온 시간 경험들을 가장 근원적인 형식으로 복원하면서도 현재 자신의 삶을 매개해주는 적극적 행위라고 할 수 있을 것이다. 그렇게 시인은 사랑과 기억의 깊이를 자신의 시편 안에 더해가고 있다.

4

다음으로 우리는 김민정 시인이 궁극적으로 자신의 기억을 정향定向해가는 일종의 존재론적 기원origin에 가 닿는다. 일찍이 그녀는 서정서사 시집인 『영동선의 긴 봄날』(동학사, 2008)을 통해, 아버지의 삶과 역사를 우리 민족의

보편적 역사로 확장하면서 깊은 서사적 울림을 들려준 바 있다. 이처럼 시인은 자신의 존재론적 뿌리에 대한 기억과 자의식을 따라 자신만의 시간 경험을 오롯하게 탐구해가고 있다. 자신의 성장사와 연루된 내러티브이건, 지나간 유년을 추억하는 회억의 정서이건, 아니면 시간 자체의 비의秘義를 탐색하는 열의이건 김민정 시인은 시간에 대한 자신만의 경험과 해석을 지속적으로 형상화하고 있다. 물론 이러한 현상의 이면에는 분절적이고 직선적인 근대적 시간관에 대한 일정한 반성의 의미도 놓여 있을 것이다. 어쨌든 그녀의 시편은 철저하게 이러한 시간 경험을 수용하고 해석하는 과정에서 발원하고 있는데, 시인은 자신만의 깊은 기억을 매개로 하여 존재론적 심층에 은유적으로 접근하고 있는 것이다. 그 다양한 시간의 내질內質이 그녀 시편의 가장 중요한 축을 이루고 있는 셈이다. 그리고 그러한 축을 구체적으로 나타내 주는 것이 바로 '고향'을 향한 애틋한 기억이다. 이 또한 자신의 존재론적 기원을 상상하고 탐구하는 시인의 품을 선연하게 보여주는 방식일 것이다.

통리 지나 흥전 사이

나 살던 심포리역

꿈결 같은 기적 소리
가슴에나 묻었는데

가끔씩
기차 바퀴가
덜커덕, 지나간다
─「발자국」 전문

피었다 지는 풀꽃 떴다가 이우는 별

영동선 철로 변의 기차가 알려주는

당신이 흔들어주던 손등에 쌓인 나날
─「무심히」 전문

다시 한번 『영동선의 긴 봄날』에 의존한다면, 시인이 회
상하는 "통리 지나 흥전 사이 / 나 살던 심포리역"은 아버
지께서 '건널목지기'가 되어 건널목을 지키시면서 가난하

고 외로운 삶을 사셨던 곳이다. 비록 "꿈결 같은 기적 소리"는 가슴에 묻었지만, 언제나 그 소리는 시인으로 하여금 "가끔씩 / 기차 바퀴가 / 덜커덕, 지나"가는 느낌을 환청처럼 경험하게 한다. 고향 생각과 아버지 생각이 겹쳐 있는 순간이다. 그리고 시인은 자신의 고향이자 아버지의 삶의 현장이었던 "영동선 철로 변"에 서서, 풀꽃과 별들을 통해 누군가가 흔들어주던 손등과 그 위에 쌓인 나날을 환기한다. 이때 '당신'은 시인 개인사로 보면 '아버지'일 수도 있고, 원형적으로 보면 사랑하는 대상일 수도 있을 것이다. 이렇게 시인은 무심히 "제집인 듯 찾아든"(「가을날」) 소중한 기억을 통해 고향 속으로, 유년 속으로 한 걸음 더 나아가게 된다.

들녘은 바람의 몫
꿈처럼 이는 변방

목숨의 결을 따라
흔들리는 별빛인가

계절도 가장자리에서

머뭇대며 기우는,
－「사북에서」 전문

동해 바다 환히 펼친
백두대간 그 마루에

넉넉히 하늘 품어
앉아 계신 고조할배

구절초
가득 핀 가을,
조금씩 베어낸다
－「벌초」 전문

　시인의 고향 쪽인 '사북'과 '동해 바다'도 김민정 시인의
시적 경험에서 방계적 원류源流로 등장하고 있다. 바람이
"꿈처럼 이는 변방"에서 목숨을 이어간 많은 이들을 기억
하면서 시인은 그 변방(가장자리)에서 머뭇대며 기울어가
는 별빛을 바라본다. 그렇게 기울어간 삶의 잔상殘像이 결
국 그리움의 깊이를 만들어낸다. 그리고 백두대간 마루에

서 "고조할배"라는 기원을 상상하면서 "구절초 / 가득 핀 가을, / 조금씩 베어"내는 벌초를 하기도 한다. '벌초'야말로 자기 기원에 대한 가장 깊은 정성이 아닌가. 이처럼 시인은 "누군가 살짝 놓고 간 기억 속의 / 사진 한 장"(「지난일」)처럼 고향을, 유년 시절을, 그래서 자신의 기원을 상상하고 호명함으로써 기억의 깊이를 더해가는 것이다.

   말할 것도 없이 모든 '기억'이란, 과거적 삶에 대한 사실적 재현이 아니라, 시인의 현재적 시선에 의해 선택되고 배제되고 구성되는 어떤 것이다. 그 점에서 시인이 선택하고 배열하는 기억의 세목들은 현재 시인이 희원하는 삶의 형식을 고스란히 담고 있게 마련이다. 김민정 시인이 회상하고 재현하는 세계 또한 지금 자신이 잃어버리고 살아가는 원형적이고 아름다운 것들에 대한 그리움에서 일관되게 발원하는 것일 터이다.

5

   서정시의 가장 기본적인 창작 동기는 시인 스스로 자신의 삶을 되살피고 생각해보는 성찰적 의지에 있다. 이를 두고 자기회귀성 혹은 나르시시즘이라고 불러도 될 것이다. 그러나 이때 나르시시즘이란 자기애自己愛를 바탕으로 하면서도 자신에 대한 반성적 의지를 동시에 수반하는 것을 말한다. 그래서 그 과정에는 다른 사물과의 관계를 통해 탐색하게 되는 보편적 삶의 이치도 포함된다. 그때 우리는 한 편의 서정시에 빠져들면서 동시에 남루한 일상을 빠져나와 새로운 인생의 공리를 경험하게 된다. 그냥 빠져나오는 것이 아니라 더 깊은 곳을 경험하고 다시 되돌아가기 위해 빠져나오는 것이다. 그러한 탐색과 성찰의 의지를 던져주는 의미 있는 사물로 김민정 시인은 '돌'의 이미지를 가져온다.

을미도 해변가에
돌밭을 더듬다가

낙지가 물고 있어
질려 있는 돌을 본다

심장이
뛰고 있는 소리

견뎌온 돌의 시간
- 「이력을 헹구며」 전문

　가령 시인이 해변에서 더듬으면서 찾고 있는 것은 이를
테면 '수석壽石'이다. '수석'이란 형태나 색이나 무늬가 아
름다운 자연석을 말하는데, 시인은 그러한 돌에게서 "심장
이 / 뛰고 있는 소리"를 아름답게 듣고 있다. 그 소리를 통
해 시인은 "귀가 반 뼘 커진"(「냇가에 앉아」) 경험을 하게
되는데, 물론 그것은 "견뎌온 돌의 시간"을 고스란히 담고
있는 물리적 신호이기도 할 것이다. 아닌 게 아니라 요즘
김민정 시인은 이른바 '수석 시편'에 많은 관심을 가지고
있다고 한다. 내년에는 '수석'을 주제로 한 시조집을 한 권
출간할 계획이라고 한다. 그만큼 그녀는 '시조'와 '수석'의
견고한 결합을 통해 시조 미학의 점층적 심화에 힘써갈 것
으로 생각된다. 그렇게 자신의 이력을 헹구면서 찾아가는
시간을 통해 시인은 더욱 심미적이고 근원적인 사물과 내
면의 결속을 추구하면서, 더 깊은 곳을 경험하고 다시 자
신에게 되돌아오는 과정을 치르고 있는 것이다.

　어깨를

들썩이며
울컥울컥 쏟아내던

접동새 울음 같은
진달랫빛 수석 한 점

마음껏
울지 못하고
잠이 든 절벽처럼
—「주상절리」 전문

눈 떠도 어둠이라
찾기란 쉽지 않다

여기 혹은 저기
그림자만 길어지고

자꾸만
숨어서 우는
너를 끝내 놓친다

-「돌밭에서」전문

시인은 마치 "진달랫빛"처럼 선연하고 "접동새 울음"처럼 깊디깊은 "수석 한 점"을 발견한다. 그 기쁨이 얼마나 컸겠는가. 그 안에서 시인은 "마음껏 / 울지 못하고 / 잠이 든 절벽처럼" 존재하는 주상절리의 형상을 본다. 여기서 '수석'이나 '주상절리'는 모두 오랜 우주의 시간을 스스로의 몸에 각인한 존재자들로 나타난다. 그리고 시인은 돌밭에서 돌을 찾다가 결국 여기저기 숨어서 우는 돌을 찾아내지 못한 경험을 고백한다. 그렇게 그녀가 찾아가는 돌 안에는 "시간들이 / 고여와서 / 잘박대며 잦아든다"(「차를 끓이며」). 하지만 시인의 마음은 결국 그 시간의 깊이에 닿지 못하고 "눈 떠도 어둠"인 조건에서 비롯되는 물리적 간극 때문에 저만치 흘러가는 '돌'의 시간을 아득하게 바라보고만 있을 뿐이다. 이 또한 시간의 깊이를 형상화해가는 김민정 시학의 한 표지標識일 것이다.

뺨 붉은
주전 바다
파도 또한 둥글다

제 살을 깎고 깎아
몽돌이 된 돌의 시간

몸과 몸
부딪쳐 얻은
푸른 목청 가다듬고
　　－「주전 바다는,」 전문

　수석으로 유명한 '주전 바다'는 뺨 붉은 모습을 한 채 오
랜 시간 다가왔을 둥근 파도를 온몸으로 안고 있다. 그곳
에는 "제 살을 깎고 깎아 / 몽돌이 된 돌의 시간"이 느런히
펼쳐져 있다. 돌은 그렇게 "몸과 몸 / 부딪쳐 얻은 / 푸른 목
청 가다듬고" 누워 있다. 그런데 그 형상은 마치 시인의 존
재론과 닮아 있지 않은가. 그렇게 둥근 시간에 오래 깎인
채 스스로는 안으로 오랜 시간을 쌓으면서 "푸른 목청"을
가다듬는 시인의 모습이 살갑게 만져진다. 그러니 결국
'수석'을 찾아다니는 채집자의 초상은, 스스로 시를 찾고
스스로 시를 써가는 '시인'의 그것과 닮아 있게 된다. 그리
고 그 길은 "더 낮게 / 좀 더 참고 / 흘러가야 만나는 길"

(「햇귀」)일 것이다.

이렇게 김민정 시인은 '수석'이라는 사물의 존재 형식을 통해 삶의 본질을 형상화해간다. 그것이 표상하는 무게와 질감은 시인의 정서를 직접적으로 드러내 주지는 않지만, 사물의 존재 형식과 삶의 본질을 유추적으로 결합시키는 시인의 의도를 간접적으로 암시해준다. 그래서 그녀가 포착한 수석의 존재 방식은 인간 혹은 시인의 그것으로 치환되고, 존재의 심층에 가라앉은 삶의 이법에 대해 깊은 사유를 가능하게 해준다. 김민정 시인은 이러한 수석의 존재 방식을 통해 삶의 비의에 닿으려는 일관된 의지와 실천을 보여주면서, 사물 속에 편재遍在해 있는 소멸과 신생의 시간 원리에 대한 사유를 정성스럽게 수행해간다. 김민정 시학의 깊이를 단적으로 보여주는 대목이 아닐 수 없다.

6

주지하듯 대개의 서정시는 시인 자신의 자기표현 발화에서 비롯되고 전개되고 완성된다. 따라서 개별 시인이 노래하는 대상은 궁극적 자기회귀성을 실현해주는 매개체의 역할을 주로 감당하게 된다. 물론 이때 자기회귀성이란 철저하게 고립된 개인적 차원을 뜻하는 것이 아니라, 타자들을 적극 포괄하면서 다시 개별자로 돌아오는 귀환 과정을 함의한다. 그 점에서 김민정 시편은, 구체적 삶의 맥락을 통해 서정시가 가지는 타자 지향의 원심력과 자기회귀의 구심력을 동시에 보여주는 실례라 할 것이다. 다음 시편들을 읽어보자.

꽃이 본 창밖 풍경
내 안으로 끌어온다

적당한 거리 유지
안전을 확보하듯

유리창
사이에 두고
오고 가는, 꽃과 나
─「투사」 전문

생각의 입자들이

잠시
충돌한다

발설하지 못한 말과
이미 뱉은 말들 사이

달리다,
주춤거리다,
제자리로 돌아온다
―「몰두」 전문

    시인이 창밖으로 꽃을 바라보는 것이 아니라 꽃이 창밖
풍경을 바라본다. 그 결과가 시인의 안쪽으로 다가오는 신
비한 경험이 이루어진 이 시편은, 그렇게 '유리창'이라는
차단과 소통의 이중성을 지닌 소재를 통해 "적당한 거리"
를 유지하고 안전을 확보해가는 시인의 예술적 자의식을
보여준다. 그렇게 "유리창 / 사이에 두고 / 오고 가는, 꽃과
나"야말로 사물과 내면이 상호 '투사投射'를 이루면서 원
심과 구심의 항구적 운동을 수행하고 있는 것이다. 그리
고 다음 시편에서는 "생각의 입자들"이 충돌하면서 "발설

하지 못한 말과 / 이미 뱉은 말들 사이"를 순환하다가 결국 제자리로 돌아오는 경험이 담겨 있다. 시인은 그것을 '투사'와는 또 다른 층위의 실존적 '몰두没頭'로 명명한다. 이처럼 '투사 / 몰두'의 영속적 운동은 김민정 시인으로 하여금 사물을 향해 한껏 나아갔다가 결국 자신으로 돌아와 적절한 미적 거리를 찾아가는 균형 감각을 가지게끔 해준다.

> 지상의 길이란 길
> 한꺼번에 몰려온다
>
> 제 뼛속 의미들을
> 깎아내고 깎아낸 길
>
> 지나온
> 날들의 저편,
> 직립으로 서 있는 나
> ─「벼랑 앞에」 전문

눈 씻고 귀 닫으며

한밤을 비운 날은

내 발목을 움켜쥐던 수많은 이정표들이

어둠을 마름질하며
제 길을 열어간다
―「지샐 녘」전문

　'벼랑 앞'이라는 공간과 '지샐 녘'이라는 시간은 소멸의
징후를 가득 머금고 있지만, 김민정 시인은 그러한 시공간
에서 오히려 역설적 생성을 꿈꾼다. 왜냐하면 "제 뼛속 의
미들을 / 깎아내고 깎아낸 길"처럼 벼랑은 "지나온 / 날들
의 저편"에 서 있는 나를 비추는 거울이기 때문이다. 거기
직립으로 서 있는 '나'야말로 벼랑의 형상으로 가파르게 서
있는 존재론적 위의威儀를 역설적으로 보여준다. 그리고 해
거름의 시간에 "내 발목을 움켜쥐던 수많은 이정표들"을
바라보면서 시인은 "어둠을 마름질하며" 열어가는 길이
자신의 길임을 선언한다. 처음에는 "눈시울에 떨어지는 마
른 잎의 망설임 같은"(「소슬하다」) 길이었지만, 그것은 자
연스럽게 마침내 가야 할 실존의 경로로 몸을 바꾸어간다.

이처럼 김민정 시편들은 끝없이 우리의 현재형을 탈환하면서 우리가 살아가는 구체적인 일상과 역사를 하염없이 들여다보게 한다. 매우 정제된 미학적 정예주의를 통해 자신만의 아름다운 존재 전환을 꿈꾸면서 그녀는 예민한 감각과 사유로 불모의 세상과 맞서고 있다. 또한 무의미해 보이는 시간의 마디들을 힘주어 보듬으면서 깊은 기억을 통한 서정시의 치유 기능을 한껏 증폭하고 있다. 이 모두가 불모와 폐허를 넘어 어떤 근원적 질서에 대한 열망과 매혹을 그녀만의 시선으로 담아낸 고유한 내면 풍경이 아닐까 한다. 그 점에서 우리는 김민정 시편이 삶의 역설적 생성의 순간을 노래한 실체임을, 그리고 거듭 사랑과 기억의 깊이를 노래한 미학적 고투의 산물임을 알아가게 된다.

7

마지막으로 우리는 김민정 시인이 이번 시집에서 이른바 '공적 기억'에 대한 첨예한 성취를 구현하고 있다는 점에 상도하게 된다. 그녀는 서정시가 구축하는 중요한 하나의 축이라고 할 수 있는 이른바 '사회적 상상력'을 통해 자신의 시학적 기반을 넓혀간다. 이처럼 시인은 우리의 삶이 공동체적 관계망 안에서 작동하는 것이며, 나아가 사랑과 연대로 결속하며 살아가야 하는 것임을 누구보다도 진솔하고 간절하게 노래하고 있다. 다음 시편들이 가지는 서정의 편폭篇幅과 마음의 온기는 단연 주목할 만한 것이다.

파도도 날을 세워
울부짖는 다시 오늘

아직도 봄 바다는
눈물빛 얼룩인데

세월이
세월을 불러도
날지 않는 나비떼
—「팽목, 그 바다」 전문

아직도 통일은 멀어
목숨에서 잔풀 돋는데

서울역, 도라산역
오고 가는 이 열차가

갈라진
아래윗마을
박음질로 이어줄까
　　　－「평화열차 DMZ」 전문

가슴 치고 통곡하며
어머니를 불렀던 방

애절한 마음 따라
벽도 함께 울었을까

하늘에
소원하라고
천장이 열린 그 방
　　　－「천장으로 열린 문－타프롬 사원에서」 전문

처음 시편은 우리의 마음을 온통 무너뜨렸던 세월호 참

사를 배경으로 하고 있고, 다음 시편은 비무장지대를 대상으로 하여 통일 지향의 원망願望을 노래하고 있으며, 마지막 시편은 앙코르 유적지 가운데 가장 눈에 띄는 한 사원을 대상으로 하여 우주적 상상력을 보여주고 있다. 예민하지만 따뜻한 시인의 마음과 감각이 한꺼번에 밀려온다. 봄 바다가 아직 "눈물빛 얼룩"으로 울부짖는 현장에서 "세월이 / 세월을 불러도 / 날지 않는 나비떼"를 떠올려 보거나, 서울역과 도라산역을 오고 가는 열차가 "갈라진 / 아래윗마을"을 연결하기를 희원해보거나, "애절한 마음 따라 / 벽도 함께 울었을" 오랜 시간을 유적지에서 상상해보는 품은 그 자체로 웅숭깊다. 그 모든 것이 "내 품을 적셔오는 것 / 애잔"(「팬플루트 – 외로운 양치기」)하게 다가온다. "빗속에 숨은 별들이 / 땅 위로 내려온 듯"(「별꽃」)한 심미적 결정結晶을 통해, 시인은 그렇게 '눈물'과 '목숨'과 '통곡'의 서사를 엮어가고 있는 것이다.

　파도는 흰 깃털을 살짝 내비치다가,

　달리는 말굽으로 한참을 출렁이다가,

갈기를 휘날리다가,

소용돌이 치다가,
—「바다열차」 전문

　이번 시집의 표제작이기도 한 이 시편은, 때로는 흰 깃
털을 내비치고, 때로는 달리는 말굽으로 출렁이고, 결국에
는 갈기를 휘날리고 소용돌이치는 '바다'야말로 우리를 어
디론가 떠메고 사라져가는 '열차'라는 은유를 생성하고 있
다. 물론 '바다열차'는 물리적으로는 동해의 해안선을 배
경으로 달리는 관광 특별열차의 이름이기도 하지만, 이렇
게 시인의 상상력 속에서 '너머beyond'의 차원을 부여하는
아름다운 상징적 실체로 다가오기도 한다. 그 '바다열차'
를 타고 우리는 비극의 현장으로, 소망의 집성지로, 우주의
천장으로 달려갈 수 있을 것이다. 이처럼 김민정 시인은
공적 기억과 사랑의 감각을 통해 자신의 시편이 사적私的
맥락에 갇히는 것을 거절하면서 광활한 상상과 참여의 세
계를 열어가고 있다. 이 점, 이번 시집을 읽는 매우 중요한
의미라 할 것이다.

생각해보면 우리는 시조 문학의 본령을 형식의 정형성과 내용의 안정성에서 찾곤 한다. 그래서인지 시인 자신의 개성적 경험이나 감각보다는, 선험적 율격과 전통적 시상의 완결성을 충족하는 것이 시조 미학의 오래된 관건이라 여겨오기도 했다. 물론 고시조가 현대시조로 이월하면서 다양한 감각이 시조 미학의 외연을 확장해왔지만, 그럼에도 불구하고 시조 미학의 근간이 정형성과 안정성 사이에 있다는 것이 크게 흔들리지는 않았던 것이다. 그래서 시조는 여전히 내용과 형식에서의 파격을 좀체 허락하지 않으며, 동시에 그것만이 시조의 시조다움을 지키는 길임이 여러모로 역설되어왔다.

그 점에서 김민정 시조는 개별적 경험과 선험적 형식이 균형을 이루면서 시조의 시조다움을 견고하게 지켜가는 이중의 작업을 잘 수행하고 있는 세계라 할 것이다. 지금까지 우리는 전부 신작으로 구성된 김민정 시인의 단시조집을 천천히 읽어왔거니와, 이 시집은 이러한 김민정 시학의 특장으로 두루 충족해갈 것이다. 벌써 10년 전에 상재했던 단시조집『사랑하고 싶던 날』(알토란, 2006)에 대하여 문무학 시인은 "감각적 이미지를 통해 시상을 엮어가는 김민정의 시는 대체로 우아미를 창출하고 있다"라고 말했

는데, 이번 단시조집은 그러한 '우아미'를 더욱 안으로 품
으면서 훨씬 다채로운 시 세계를 열어가고 있다 할 것이
다. 그 안에는 한결 성숙하고 아름다운 목소리로 '사랑'과
'기억'의 깊이를 노래하는 '순간의 미학'이 더없이 농울치
고 있다. 김민정 시학의 오랜 연륜처럼, 깊고 오롯한 개성
의 목소리가 아득하게 울려오는 애잔하고 아름다운 세계
가 아닐 수 없다.